Tedd Arnold

SCHOLASTIC INC.

Especialmente para el Beecher Doll Club
y a todos en el Arnot Art Museum

Originally published in English as *There's a Fly Guy in My Soup*

Translated by Eida de la Vega

ISBN 978-0-545-64615-4

12 11 10 9 8 7 18 19/0

Printed in the U.S.A. 40
First Spanish printing, January 2014

Un niño tenía una mosca de mascota. La mosca se llamaba Hombre Mosca. Hombre Mosca podía decir el apodo del niño:

Capítulo 1

Un día, Hombre Mosca fue con Buzz, su mamá y su papá en un largo viaje.

Manejaron hasta la hora de la cena. Pararon en un hotel.

—¡Qué bien! —dijo Buzz—. ¡Me encantan los hoteles!

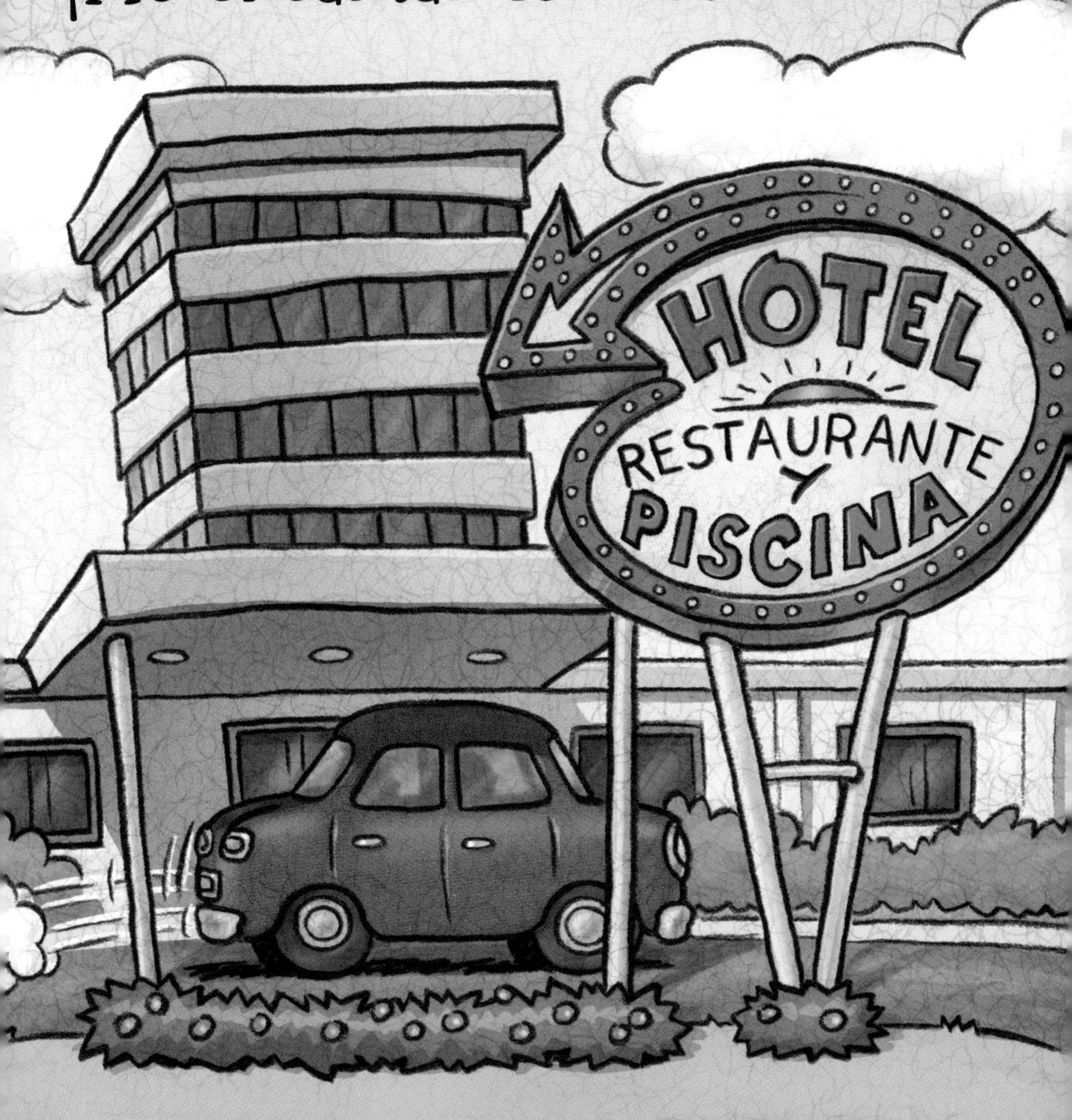

—¡El cuarto es *súper*! —dijo Buzz.

—Es hora de cenar —dijo el papá de Buzz.

—Hay un restaurante abajo —dijo la mamá de Buzz—, pero Hombre Mosca no puede ir.

—Hombre Mosca puede comer afuera —dijo Buzz—. ¿Verdad, Hombre Mosca?

Hombre Mosca voló afuera.

Encontró un
cubo de la basura.

Encontró
un charco.

Encontró algo pegajoso.

Encontró el cubo de la basura
más grande y baboso del mundo.

Pero no encontró
nada que quisiera
comer.

Capítulo 2

Entonces, Hombre Mosca olió algo maravilloso.

Hombre Mosca siguió el olor.

¡Y finalmente encontró donde le gustaría comer!

Hombre Mosca tenía que lavarse antes de comer.

Vio una tina pequeña
y redonda con agua tibia
y turbia. ¡Perfecto!

Hombre Mosca saltó adentro.

Se lavó la cara y las manos.

Se lavó las axilas.

Se lavó entre los dedos
de los pies.

Capítulo 3

La tina de Hombre Mosca fue levantada y llevada a otra habitación.

La pusieron en una mesa
frente a una señora.

La señora gritó:

—¡Hay una mosca en la sopa!

La señora pegó un salto. Su sopa y Hombre Mosca salieron volando...

hasta la sopa de otra señora.

La otra señora pegó un salto. Su sopa, la sopa de la primera señora y Hombre Mosca salieron volando...

hasta la cabeza de un caballero.

El caballero pegó un salto. La sopa, Hombre Mosca y el pelo del caballero salieron volando...

Todo el mundo pegó un salto. La sopa de todos, Hombre Mosca y el pelo del caballero salieron volando.

Hombre Mosca todavía necesitaba un baño. Buzz, su mamá y su papá necesitaban un baño.

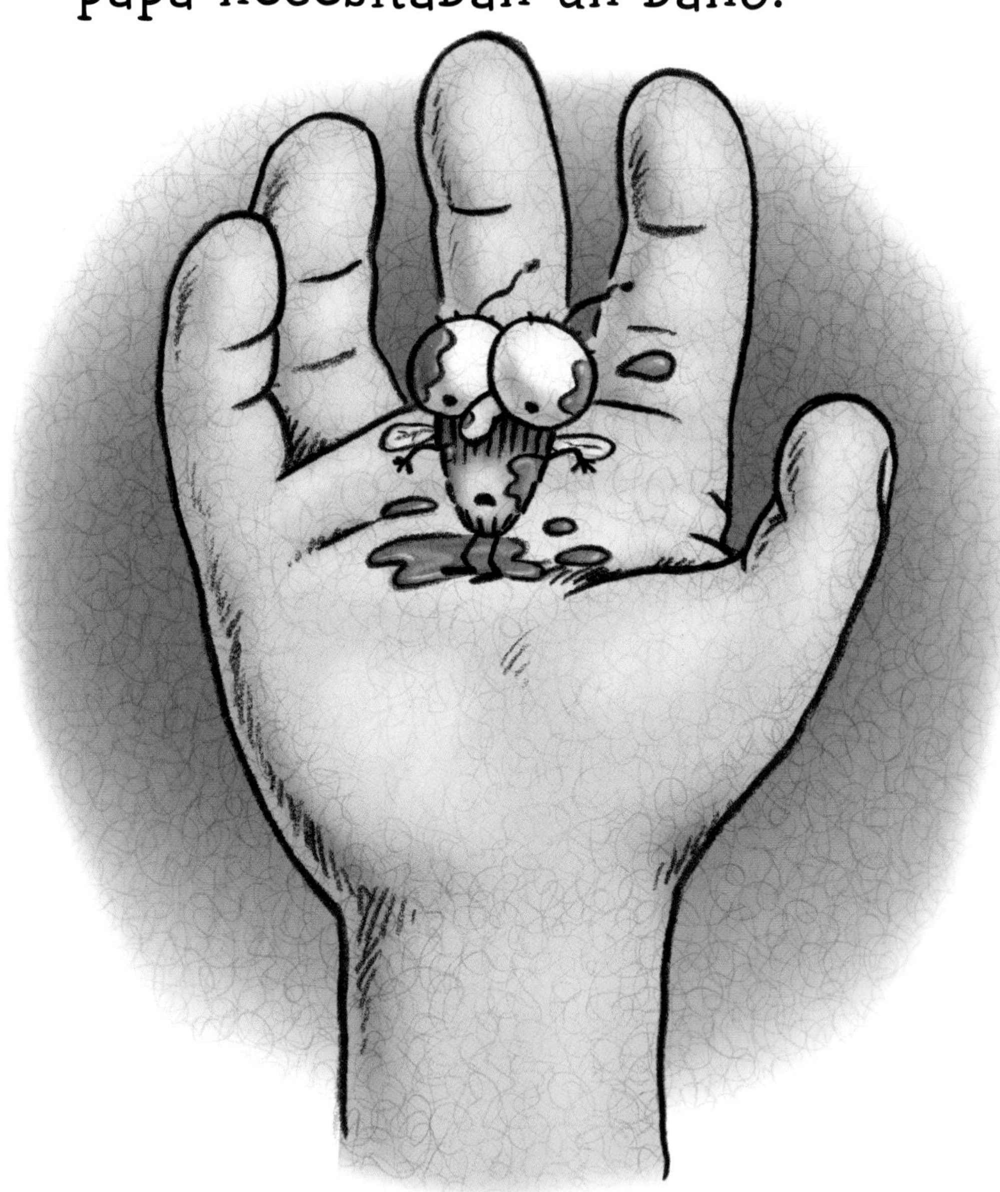

Todo el mundo necesitaba un baño.

—¡El último que llegue a la piscina es la peste! —gritó Buzz.

¡A GOZZAR!
HOTEL
PISCINA